KB265065

줄거리:
샌프란시스코 현장 학습에서 제임스 '껌' 슈와 친구들은
소매치기 사건에 휘말린다.

샌프란시스코에서 만난 소매치기

샌프란시스코에서 만난 소매치기

미국 현장 학습 미스터리 ❷

샌프란시스코에서 만난 소매치기

The Crook Who Crossed the Golden Gate Bridge

글 · 스티브 브레즈노프

그림 · C. B. 캥거

옮김 · 이지선

사람in
생각학교

미국 현장 학습 미스터리 ❷
샌프란시스코에서 만난 소매치기

초판 1쇄 인쇄 2011년 3월 25일
초판 1쇄 발행 2011년 4월 5일

글 스티브 브레즈노프
그림 C. B. 캥거
옮김 이지선

발행인 박효상
책임편집 강현옥
편집진행 오혜령
인턴 김지혜, 김희준
디자인 윤주열

발행처 사람in
출판등록 제10-1835호
주소 121-894 서울시 마포구 서교동 378-16번지 강화빌딩 4F
문의전화 02)338-3555
팩스 02)338-3545
Homepage www.saramin.com
e-mail school@saramin.com

::책값은 뒤표지에 있습니다.
::파본은 바꿔 드립니다.

ISBN 978-89-6049-228-8 63940
978-89-6049-226-4 (set)

사람이 중심이 되는 세상, 세상과 소통하는 책 사람in

기획편집 1팀_ 강성실, 모희진, 이종만, 권희정 | 기획편집 2팀_ 임수진, 김지혜 | 단행본팀_ 강현옥, 오혜령
디자인팀_ 손정수, 윤영선 | 마케팅_ 이종선, 이태호, 이전희, 서은희 | 디지털사업부_ 강현승 | 관리_ 남채윤

The Crook Who Crossed the Golden Gate Bridge by Steve Brezenoff

★ 차례 ★

제임스 슈
별명 : 껌
생일 : 11월 19일
학년 : 6학년
껌을 많이 씹기 때문인가?

좋아하는 것:
껌 씹기, 현장 학습, 안톤 구트만 골려 주기.

친한 친구들:
사만다 아처, 카탈리나 듀란, 에드워드 게리슨

알아둘 점:
스페이드 선생님은 제임스에게 수업 시간에
껌을 씹지 말라고 늘 잔소리를 한다. 하지만
제임스는 껌 씹기를 그만둘 애가 아니다.

CATRAZ
127808
사만다 아처(샘)
카탈리나 듀란(캣)
에드워드 게리슨(에그)

케이블카의 악당

1장

나는 버스 창밖을 내다봤다.
우리는 버스를 타고
집으로 돌아가는 길이다.
금문교와 샌프란시스코가
이미 우리 뒤로 멀어졌고,
버스에 탄 사람들 대부분은
잠에 곯아떨어졌다.

내 옆 통로 쪽에 앉은 사만다 아처는 코까지 골고 있었지만 나는 잠을 잘 수가 없었다. 현장 학습을 한 주말 뒤라 피곤할 법도 한데 여전히 흥분되었다. 나만 그런 것은 아닐 거다!

나는 몇 주 동안 6학년의 샌프란시스코 현장 학습을 기대하고 있었다. 나는 언제나 현장 학습이 좋았지만 이번 현장 학습이 흥분되는 데에는 특별한 이유가 있었다. 내가 태어나기 훨씬 전, 그러니까 엄마가 아주 어렸을 때 외가 식구들은 샌프란시스코에 살았다고 한다. 엄마가 살았던 곳을 본다는 사실에 더 흥분이 되었다.

금요일 아침, 우리는 버스를 타고 금문교를 건너 샌프란시스코로 갔다. 샌프란시스코 만을 건널 때 열린 차창으로 들어온 공기가 따뜻했던 버스 안을 시원하게 해 줬다.

"아, 날씨 참 좋다!"

내 친구 캣이 말했다. 캣은 샘과 내 뒤에, 에그로 더 잘 알려진 에드워드 옆에 앉아 있었다. 그리고 나는 껌이다. 내 이름은 '제임스'이지만, 내 친구들은 나를 '껌'이라고 부른다.

버스가 호텔 앞에서 멈춰 섰다. 6학년 담당이신 스페이드 선생님이 우리를 불러 모았다. 아이들 스무 명에 보호자로 온 어른들이 몇 명 더 있었다.

스페이드 선생님이 말했다.

"자, 짐은 호텔에 맡기고 이제부터 케이블카를 타고 간단하게 시내 구경을 할 거예요."

"그거 재밌겠네요."

샘의 할머니가 말했다. 샘은 할아버지, 할머니하고 사는데 이번 여행에 샘의 할머니가 보호자로 따라왔다.

나는 할머니가 와서 좋았다. 아처 할머니는 내가 아는 멋진 여성들 중 한 명이다.

호텔 보이들이 우리 짐을 금빛으로 번쩍이는 카트에 싣고 호텔로 들어갔다. 우리는 스페이드 선생님과 샘의 할머니를 따라 케이블카를 타러 갔다. 스페이드 선생님은 모두에게 3일용 승차권을 나눠 줬다. 그 승차권으로 우리는 주말 내내 케이블카를 탈 수 있었다.

케이블카는 사람들로 붐볐다. 우리 중 몇 명은 자리에 앉았지만 나머지 대부분은 서 있어야만 했고 심지어 케이블카 밖에 매달려 있기조차 했다.

차장이 뛰어 오르내리는 사람들을 어떻게 다 파악하는지 모르겠지만 아무튼 우리 승차권은 모두 확인했다. 그런데 차장 아저씨가 미처 보지 못한 승객이 한 명 있었다.

나는 샘을 팔꿈치로 찌르며 말했다.

"쟤 좀 봐. 5분 동안이나 차장 아저씨 눈을 요리조리 피해 다니고 있어."

그 남자아이는 우리보다 더 어려 보였지만 그렇게 많이 어린 것 같지는 않았고, 야구 모자를 푹 눌러쓰고 있었다.

그 애는 차장 아저씨가 자기 근처로 올 때마다 어른들의 팔이나 다리 아래에 숨기도 하고 케이블카의 다른 쪽으로 가기도 했다.

"요금을 내지 않으려고 저러는 것 같아. 사기꾼같으니라고!"

샘은 넌더리를 내며 머리를 흔들고 말했다.

에그는 그 아이의 사진을 찍었고, 캣은 그저 눈만 말똥거리며 말했다.

"어쩌면 그냥 게임을 하고 있는 건지도 모르지. 사기꾼이 아니라 단지 말썽쟁이일 거야."

꼬마 사기꾼이 얼쩡거리긴 했지만, 케이블카를 타는 건 정말 재미있었다. 우리는 내가 지금껏 본 언덕 중에서 가장 큰 언덕을 올라가서 도시를 볼 수 있었다.

출발했던 곳으로 돌아와 케이블카에서 내릴 때 나는 배가 고파 죽을 것 같았다. 호텔로 돌아가면서 내가 에그한테 말했다.

"여섯 시가 다 됐네. 여기 사람들은 저녁도 안 먹나?"

에그가 웃더니 내게 껌 하나를 건네며 말했다.

"자, 이게 배고픈 걸 잊게 해 줄 거야."

나는 그 껌을 내려다보고 은박지를 벗기며 중얼거렸다.

"박하 맛? 시시해!"

호텔 로비로 들어서자 스페이드 선생님이 프런트 앞에 서 있었다. 선생님은 몹시 당황한 것처럼 보였다.

"이럴 수가…….
내 지갑을 도둑맞았어요!"
선생님이 프런트에 있는 직원에게 말했다.

스페이드 선생님과 호텔 지배인은 이 사람 저 사람에게 한 시간이나 전화를 했다.

스페이드 선생님과 호텔 지배인이 무언가를 처리하고 있는 동안 나와 내 친구들은 로비에 있는 커다란 소파에 축 늘어져 있었다.

"지금 당장 뭐라도 먹어야지 이러다 죽고 말 거야."

내 말에 캣이 대꾸했다.

"과장 좀 하지 마. 곧 저녁을 먹을 거야."

마침내 스페이드 선생님이 프런트로 우리를 불렀다.

"기다리게 해서 미안하구나."

그러고는 옆에 있는 아저씨의 어깨에 손을 올리며 말했다.

"이분은 할리 아저씨란다."

할리 아저씨는 '선샤인 호텔'이라고 씌어 있는 밝은 노란색 셔츠를 입고 있었다.

스페이드 선생님이 말을 이었다.

"할리 아저씨는 이 호텔의 지배인이셔. 아저씨께서 신용 카드 회사에 얘기해서 투숙 절차를 밟아 주셨단다. 소매치기가 선생님의 신용 카드와 20달러 그리고 선생님이 좋아하는 고양이 카이로의 사진을 가져가 버렸구나. 물론 카드는 분실 신고를 했어."

샘이 나와 에그 그리고 캣에게 속삭였다.

"소매치기래. 껌, 넌 그……."

내가 샘이 하려는 말을 대신했다.

"케이블카에서 본 수상한 녀석이 틀림없어!"

스페이드 선생님이 말했다.

"자, 이제 저녁 먹으러 차이나타운에 가자."

샘의 할머니가 우리를 버스로 인솔했다.

"내가 보기엔 걔는 사기꾼 같아."

에그가 말하자 샘이 천천히 고개를 끄덕였다. 우리는 모두 버스에 올라탔다.

샘의 할머니가 말했다.

"한 50년 넘게 샌프란시스코의 차이나타운에 가 본 적이 없구나. 아니 60년인가?"

할머니는 샘과 내 앞에 앉았고, 통로 건너편 버스 오른쪽 앞 자리에 에그와 캣이 앉았다.

"아이 할머니도 참, 할머니는 예순두 살이잖아요."

샘이 말하자 샘의 할머니가 대꾸했다.

"쉿, 내 말을 가로막지 마라. 그 당시만 해도 샌프란시스코는 신비로운 도시였어. 유명한 범죄 영화들은 대부분 여기서 촬영을 했었지."

샘이 맞장구쳤다.

"맞아요. 제가 좋아하는 영화들 중에도 있어요. '몰타의 매 The Maltese Falcon' 도 그렇고요."

샘의 할머니가 고개를 끄덕이며 말했다.

"그래 맞아. 이번 주말엔 그 영화의 주인공 샘 스페이드가 걸었던 바로 그 거리를 같이 걷고 있을 게다."

샘이 미소를 지으며 자랑스럽게 말했다.

"내 이름 샘은 '샘 스페이드' 에서 따온 거야."

내가 말했다.

"샌프란시스코는 우리 가족한테도 의미 있는 도시야. 엄마가 어렸을 때 엄마하고 외할머니, 외할아버지가 차이나타운에서 사셨대."

캣이 물었다.

"정말? 난 너희 가족이 계속 리버 시에서 산 줄 알았어."

나는 고개를 저었다. 그때 버스가 끽 소리를 내며 멈춰 섰다. 창밖을 내다봤더니 유명한 드래곤 게이트가 보였다.

내가 말했다.

"아니. 엄마가 초등학교를 졸업한 후에 외갓집이 리버 시로 이사했어. 엄마는 차이나타운 얘기하는 걸 좋아하셨는데, 난 한 번도 와 본 적이 없었어."

우린 저녁 먹을 곳을 찾으러 버스에서 내렸다. 식당들에서 흘러나오는 냄새들이 너무 좋아 참기 힘들었다. 결국 우린 모두 국수집에 가기로 했다.

신기하게도 우린 모두 다른 종류의 국수를 주문했다. 캣은 젓가락으로 채식주의자를 위한 야채 국수를 먹었다. 나는 숟가락을 사용해 닭고기 국수를 먹었는데 국수들이 자꾸 숟가락 밖으로 빠져 나갔다. 샘은 쇠고기 국수를 주문해서 후루룩 소리를 내며 먹었다. 그리고 에그는? 음, 계란탕을 주문했다.

우리가 버스를 타러 천천히 걸어가고 있는데 케이블카가 다가오고 있었다.

샘이 외쳤다.

"선생님! 호텔까지 케이블카 타고 가요."

天下為公

스페이드 선생님이 살짝 웃으며 손사래를 쳤다.

"난 됐다, 사만다. 소매치기를 또 당하고 싶진 않구나. 너희는 할머니께서 괜찮다고 하시면 타고 가도 좋아."

샘의 할머니가 말했다.

"나도 좋아요!"

몇 명은 케이블카를 탔다. 이번 케이블카에는 사람이 더 많아 아무도 자리에 앉지 못했다. 할머니도 마찬가지였다.

"지금까지는 이번 현장 학습이 최고인 것 같아."

호텔 근처에서 내리면서 내가 말했다.

"가족사, 범죄 영화, 맛있는 국수……. 그리고 또 뭐가 있지?"

캣이 웃으며 말했다.

"지금까지는 재밌었어. 스페이드 선생님의 지갑 건은 너무 속상하지만."

샘의 할머니가 고개를 끄덕이며 말했다.

"그건 정말 안됐어. 그래서 난 늘 지퍼 달린 가방에 지갑을 넣어 둔단다."

샘이 할머니의 가방을 잡으며 말했다.

"어어, 할머니? 이거 보세요!"

우리 모두 멈춰 서서 쳐다보았다. 가방의 지퍼가 활짝 열려
있었다.

"오, 이런!"

샘의 할머니는 한참 동안 가방 안을 뒤졌다.

"지갑이 없어졌어!"

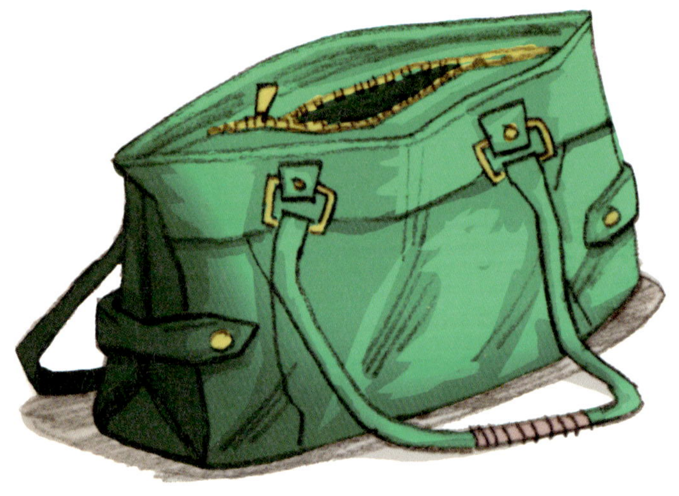

우리 다섯은 로비에 있는 커다란 소파에 앉았다. 샘의 할머
니는 몹시 당황해 하고 있었다.

"지갑에 신용 카드도 들어 있었어요?"

샘이 묻자 할머니가 고개를 끄덕이며 말했다.

"그래, 여행자 수표도 들어 있었어."

샘이 말했다.

"제가 신용 카드 회사에 전화를 걸게요. 은행에도요. 모두 해
결될 거예요."

샘과 할머니는 로비에 있는 공중 전화기로 갔다. 나는 에그, 캣과 함께 소파에 앉아 때때로 고개를 절레절레 흔들거나 중얼거렸다.

"뭔가 이상해."

순간, 나는 프런트 옆의 야자나무 화분 근처에서 어슬렁거리는 한 남자아이를 발견했다.

"에그, 캣. 저길 봐."

내가 그 아이를 가리키며 말하자 캣이 물었다.

"저 애? 저 애가 왜?"

"얼굴이 낯익지 않아?"

내가 묻자 에그가 케이블카에서 본 아이 사진이 나올 때까지 카메라의 사진들을 넘겨 보다 말했다.

"맞아. 바로 저 애가 소매치기야."

로비 저쪽에서 샘이 쳐다봤다. 샘은 그 아이를 보더니 전화기를 떨어뜨렸다.

"얘들아! 쟤야!"

샘은 그렇게 외치고는 바로 그 소매치기를 향해 로비를 가로질러 달리기 시작했다. 그 애 얼굴을 자세히 보니 케이블카에서 본 애와 같은 애라는 확신이 더 들었다.

"저 애를 잡아!"

샘이 소리치면서 그 애를 향해 달렸다. 나도 에그, 캣과 함께 샘의 뒤를 따라 달렸다.

그 애는 우리가 달려오는 걸 보고 도망치기 시작했다. 우린 그 애가 재빠르다는 것을 눈치챘어야 했다. 케이블카에서 차장을 피해 다니려면 빨라야 할 테니까 말이다.

이내 그 아이는 엘리베이터 옆에 있는 문으로 쏙 들어가 버렸다.

샘이 외쳤다.

"계단으로 갔어! 가자!"

샘은 키도 크고 정말 빠르다. 캣, 에그 그리고 나보다 훨씬 빨라서 우리를 앞질러 계단을 올랐고, 우리는 그런 샘을 따라가느라고 애를 썼다.

3층에 거의 다다랐을 때 나는 쾅 하고 문이 닫히는 소리를 들었다.

“이쪽이야.”

문 앞에 도착했을 때 내가 캣과 에그한테 말했다. 육중한 문을 잡아당겨 열자마자 샘이 저쪽 멀리서 모퉁이를 돌아 달려가는 게 보였다.

캣이 말했다.

“1분만 쉬면 안 돼? 숨 좀 돌리자.”

내가 말했다.

“그럼 샘 혼자 소매치기를 상대하라고? 안 돼.”

에그, 캣 그리고 나는 힘겹게 모퉁이를 돌았다. 복도 저쪽 끝에 있는 문이 쾅 하고 닫혔다. 그 문은 또 다른 계단으로 이어져 있었다.

샘이 우리에게 외쳤다.

“걔가 계단을 내려갔어! 서둘러.”

계단을 내려가는 것은 올라가는 것보다 훨씬 더 쉬웠다.

어느새 우리는 로비로 되돌아왔고, 호텔을 가로질러 전속력으로 뛰어가는 그 애를 발견했다. 샘이 그 애 뒤를 바짝 쫓았다. 갑자기 호텔 지배인 아저씨가 사무실에서 나왔다.

샘이 외쳤다.

"할리 아저씨! 쟤 좀 붙잡아 주세요. 쟤가 소매치기예요!"

그런데 지배인 아저씨는 어리둥절한 표정으로 샘을 바라보기만 했다. 우리가 보고 있는데 그 아이는 할리 아저씨한테 곧장 달려가 아저씨의 허리를 안았다.

샘이 외마디 소리를 냈다.

"어어?"

대리석 바닥 위에 샘이 멈춰 서자 샘의 운동화에서 끽 소리가 났다.

샘이 할리 아저씨에게 말했다.

"아저씨, 이 애를 아세요? 얘는 소매치기예요!"

할리 아저씨가 말했다.

“이 아이는 소매치기가 아니야.
내 아들 제이크 할리란다.”

"저 소매치기가 아저씨 아들이라고요?"

내가 묻자 할리 아저씨가 말했다.

"그 말 좀 그만할래? 내 아들은 소매치기가 아니야."

샘이 제이크를 노려보며 말했다.

"할리 아저씨, 이런 말씀을 드려 죄송하지만 오늘 오후에 케이블카에서 저 애를 봤고 스페이드 선생님 지갑이 없어졌어요. 그리고 지금은 저희 할머니 지갑을 도둑맞았고요. 그런데 마침 애가 호텔에 나타났어요!"

내가 고개를 끄덕이며 덧붙였다.

"또 케이블카에서 쟤가 사람들을 밀치고 몸을 부딪치며 다녔어요. 거기다 요금도 안 냈어요. 차장을 피해 다니면서요."

제이크는 자기 발을 내려다보았다. 할리 아저씨가 몸을 돌려 제이크에게 물었다.

"이 아이들 말이 사실이야?"

제이크는 잠시 아무 말도 하지 않았다.

할리 아저씨가 말했다.

"제이크, 어서 대답해."

제이크는 코를 훌쩍이며 대답했다.

"사실이 아니에요. 전 소매치기 같은 짓은 안 했어요."

할리 아저씨가 물었다.

"그럼 다른 것은? 요금을 안 냈다는 것은 사실이니?"

제이크가 고개를 끄덕이며 인정했다.

"네, 사실이에요."

샘이 이를 악물며 말했다.

"거짓말하는 거예요. 전 사기꾼들이 어떤지 아는데 아저씨 아들은 사기꾼이에요!"

제이크가 말했다.

"난 사기꾼이 아니야. 그리고 호텔에 방금 돌아온 게 아니야. 밀리 할머니하고 주방에서 저녁을 먹고 있었단 말이야. 오늘 오후 잭하고 케이블카에서 내린 후에 난 계속 주방에 있었어."

할리 아저씨가 한숨을 내쉬며 말했다.

"제이크는 항상 주방에서 저녁을 먹어. 거기서 잭 그리고 주방 식구들하고 얘기하면서 시간을 보낸단다."

제이크는 우리 넷에게 몸을 돌려 말했다.

"내가 사람들하고 부딪쳤다면 미안하긴 하지만 고의는 아니었어. 그리고 맹세하는데 난 누구의 지갑도 훔치지 않았어. 정말이야."

할리 아저씨가 말했다.

"케이블카에서 제이크의 행동은 내가 알아서 하마. 알려 줘서 고맙구나."

제이크가 대리석 바닥을 발로 차서 끽끽거리는 소리가 로비 안에 요란하게 울렸다.

나와 내 친구들은 서로를 바라보았다. 그리고 아무 말 않고 자리를 떠났다. 제이크의 범죄 행각에 대해 이야기할 수 있게 두 사람만의 시간이 필요할 것 같았다.

바로 그때 스페이드 선생님과 버스를 탔던 사람들이 도착해서 로비를 채웠다. 아처 할머니가 스페이드 선생님에게 지갑이 없어진 것을 말했다.

스페이드 선생님이 할머니의 손을 토닥이며 말했다.

"이런, 샘과 여기 계시는 동안 쓰실 돈을 넉넉히 마련해 드리겠습니다."

아처 할머니가 말했다.

"다행히도 신용 카드에 대해선 샘이 처리했어요. 그리고 방에 가서 경찰에 신고하려 해요."

"좋은 생각이세요."

스페이드 선생님은 우리가 보고 있는 것을 알고 덧붙였다.

"자, 모두 씻고 쉬어라. 내일은 굉장한 날이 될 거다."

나는 그 국수집을 떠올리며 물었다.

"내일 뭘 하는데요?"

스페이드 선생님이 미소를 띠고 대답했다.

"내일 아침 알카트라즈 섬에 갈 거야!"

“교도소? 멋지겠군!”
샘의 얼굴에 방긋이 미소가 떠올랐다.

5장

교 도 소 로

   알카트라즈 섬을 견학하면서 샘은 가장 흥분되는 하루를 보냈을 것이다. 교도소에 있는 내내 샘은 미소를 머금고 중얼거렸다.

"이거 멋진데."

   교도소가 있는 섬에는 케이블카와 배를 타고 갔다. 여행 가이드가 감방을 하나 보여 주며 유명한 탈옥 이야기도 들려주었다. 모두들 알카트라즈에서 그 누구도 탈출할 수 없을 것이라고 했지만, 어느 날 밤 세 명의 죄수가 탈옥을 했다고 한다.

샘이 말했다.

"대단한데요."

"그래서 그 얘기가 영화로 만들어졌지."

할머니 말씀에 샘이 고개를 끄덕였다.

교도소를 견학하고 우리는 알카트라즈 섬에 대한 짧은 다큐멘터리 한 편을 관람했다.

이 섬이 남북 전쟁 당시에 요새로 사용되었다는 걸 샘조차 모르고 있었다!

가이드가 교도소 외에 섬의 다른 부분도 모두 안내해 줬다. 정원을 산책하면서 멋진 새들도 보았고, 150여 년 전에 사람들이 무언가를 심기 전까지 알카트라즈 섬에는 정말 아무것도 없었다는 사실도 알았다.

섬 관광을 마치고 육지로 되돌아가려고 배로 돌아왔다. 배가 알카트라즈 섬에서 멀어져 갈 때 샘, 아처 할머니, 에그, 캣 그리고 나는 배 난간 앞에 서 있었다.

배가 부두에서 멀어지자 샘의 할머니가 말했다.

"바다 공기를 쐬니 졸음이 오는구나. 난 들어가 의자에 좀 앉아야겠다."

"네, 할머니. 도착하면 깨워 드릴게요."

샘이 말하자 할머니가 자리를 뜨고 우리 넷은 난간에 몸을 기댔다. 바람 소리가 컸지만 우리는 상관없었다. 얼굴에 튀는 물방울이 꽤 시원했다.

샘이 입을 열었다.

"그런데 너희는 제이크 할리에 대해 어떻게 생각해?"

캣이 어깨를 으쓱하며 말했다.

"난 걔 믿어. 요금을 안 냈다고 사실대로 말했잖아. 거짓말하는 애는 아닐 거야."

샘이 대꾸했다.

"한 번 도둑은 영원한 도둑이야."

샘은 머리를 흔들며 덧붙였다.

"호랑이는 줄무늬를 바꾸지 않아."

내가 말했다.
"나도 샘하고 생각이 같아.
그 애는 사기꾼이야."

에그가 말했다.

"미안, 캣. 나도 걔가 거짓말하는 것 같아. 물론 요금을 내지 않은 것은 인정했지만, 그걸 인정해서 소매치기가 아닌 것처럼 보이도록 하려는 것인지도 모르잖아?"

캣이 한숨을 내쉬었지만, 다수결의 원칙에 따라 제이크 할리가 우리의 1순위 용의자가 되었다.

샘이 말했다.

"일단 주방의 밀리라는 사람과 얘길 나눠 봐야 해. 제이크의 말을 확인해 줄 수 있을 거야."

부두에서 호텔로 돌아오는 케이블카에는 사람이 그다지 많지 않았다. 빈자리도 많아서 샘의 할머니는 당장 자리를 잡고 앉았다.

샘이 말했다.

"애들아, 저 여자애 셔츠 좀 봐."

샘은 언제나 중요한 단서를 제일 먼저 발견했다.

샘의 할머니 옆에 한 여자애가 앉아 있었다. 우리보다 나이가 좀 많아 보였는데 열여섯 살이나 열일곱 살쯤으로 보였다. 할리 아저씨 셔츠처럼 밝은 노란색 셔츠를 입고 있었는데 가슴에 '선샤인 호텔' 이라고 씌어 있었고, 무릎 위에 신선한 상추가 가득 든 상자를 얹어 놓고 있었다.

캣이 그 여자애를 향해 미소를 지으며 인사했다.

"안녕하세요. 선샤인 호텔에서 일하세요?"

그 여자애가 천천히 캣을 쳐다보며 물었다.

"그런데?"

여자애는 고개를 살짝 저으며 한숨을 내쉬었다.

캣이 나를 흘긋 쳐다보아서 내가 어깨를 으쓱했다. 캣이 물었다.

"혹시 주방에서 일하세요?"

여자애는 무릎에 올려놓은 상추 상자를 쳐다보았다.

"아니, 난 에어컨을 수리해."

그리고 눈을 멀뚱거리며 말했다.

"물론 난 주방에서도 일해."

그 여자애는 창밖을 보았다. 그래서 우리는 우리와 이야기가 끝난 것이라 생각했다.

에그가 조용히 말했다.

"좀 건방진데."

캣이 웃으며 말했다.

"대화하는 걸 좋아하지 않는 사람도 있으니까."

샘이 말했다.

"저 언니는 호텔 주방에서 일하고 어쨌든 우린 밀리라는 사
람과 얘길 해야 해. 저 언니 뒤를 쫓는 것은 어때?"

관계자 외 출입 금지 6장

"점심 먹어야 하니까 다들 씻어라."

호텔에 도착하자 스페이드 선생님이 말했다. 반 아이들은 방으로 향했지만, 샘과 캣, 에그 그리고 나는 뒤에 남았다. 우리는 케이블카의 그 여자애에게서 눈을 떼지 않았다. 아무도 우리를 보지 않을 때 조심스레 그 여자애를 살금살금 따라갔다.

여자애가 천천히 걸어가서 따라가기가 쉬웠지만 곧 커다란 문을 밀고 들어가 버렸다. 문에는 '관계자 외 출입 금지!' 라는 표지판이 붙어 있었다.

캣이 몹시 걱정스레 물었다.

"저 언니를 따라가야 해?"

샘이 고개를 끄덕이며 말했다.

"응. 정의를 위해서야. 게다가 밀리라는 사람도 찾아야 하고. 이 문은 주방으로 이어져 있을 거야."

나는 심호흡을 하고 에그 그리고 캣을 바라보았다. 우리가 고개를 끄덕이자, 샘이 문을 밀었다.

우리는 긴 복도를 들여다보았다. 벽은 온통 금속이고, 바닥은 반점이 있는 회색 타일이었다.

복도 저편에서 냄비와 프라이팬이 달그락 쿵쾅거리는 소리가 들렸다.

케이블카의 그 여자애는 어디에도 보이지 않았다.

나와 에그 뒤에서 캣이 말했다.

"놓친 것 같아."

내가 말했다.

"위층으로 가서 점심 먹을 준비를 해야 되지 않을까?"

“지금 포기할 순 없어. 그냥 밀리를 찾아보자.”

샘은 그렇게 말하고 소리가 들리는 쪽으로 복도를 걷기 시작했다. 우리도 샘을 따라갔다.

우리는 두 짝으로 된 문을 통과했다. 내가 창으로 들여다보니 테이블과 의자들이 가득한 거대한 공간이 보였다. 안에는 아무도 없는 것 같았다.

캣이 내 옆으로 다가와 말했다.

“저 방이 선셋룸인 것 같아. 저곳이 우리가 점심을 먹을 호텔 레스토랑이야.”

우리는 샘과 에그를 따라잡았다. 샘과 에그는 복도 끝에 멈춰 서 있었고 샘은 모퉁이 주위를 조심스레 살피고 있었다.

“저기가 주방이야. 케이블카에서 봤던 그 여자애가 엄청 큰 냉장고에 채소를 넣고 있어.”

샘의 말에 에그가 대꾸했다.

“이제 뭘 하지? 누구한테 잡힐 때까지 여기 그냥 서 있는 거야?”

샘이 심호흡을 하더니 이렇게 말했다.

"저 여자애와 부딪혀 보자."

캣이 말했다.

"저 언니? 왜? 조금 건방지게 행동한 것 외엔 아무 짓도 안 했잖아."

샘이 눈을 가늘게 뜨며 말했다.

"그건 그래."

바로 그때 우리 뒤에서 누군가 말하는 바람에 우리는 화들짝 놀랐다.

"너희들 여기서 뭐하는 거니?"

막다른 길

"너희들은 현장 학습을 온 학생들이니?"

샘의 할머니보다 나이 들어 보이는 여자가 물었다. 그 할머니는 밝은 노란색 윗도리를 입고 있었지만 그 셔츠는 할리 아저씨와 케이블카의 그 여자애가 입고 있던 것과 달랐다. 요리사 옷이었고 옷 한 쪽에는 '밀리'라고 화려한 글자가 새겨져 있었다.

"어, 네. 저희는……."

캣이 말하는데 샘이 끼어들었다.

"길을 잃었어요! 할리 아저씨 아들 제이크를 찾고 있었어요.

저희는 제이크 친구들이에요."

캣이 속삭였다.

"샘! 그런 말 하면 어떡해?"

샘이 캣에게 쉿 소리를 내며 밀리에게 미소를 지어 보였다.

"제이크 친구들이라고?"

그렇게 묻더니 밀리는 얼굴을 찡그리며 우리를 주의 깊게 바라봤다.

"제이크는 너희들 이야기를 하지 않던데."

"음, 만난 지 얼마 안 됐어요."

나는 얼른 얼버무리고 나서 물었다.

"제이크 보셨어요?"

밀리 할머니가 말했다.

"어제 저녁 이후로 못 봤다. 제이크는 늘 나와 잭하고 저녁을 먹지. 어제 저녁에는 나와 제이크만 저녁을 먹었지만. 잭은 아침과 저녁 내내 내 심부름을 다니느라 바빴지."

샘이 맞장구쳤다.

"아아, 네."

밀리 할머니는 주위를 돌아보면서 말했다.

"오늘 아침에도 몇 시간 전에 잭을 심부름 보냈지. 이렇게 오래 걸리지 않을 텐데……."

"아, 네. 고맙습니다. 저희는 가 볼게요."

샘이 말했지만 밀리 할머니는 잭을 찾느라 정신이 없었다. 우리는 긴 금속의 복도를 서둘러 되돌아 나왔다.

"이 잭이라는 사람이 중요한 인물 같아."

우리가 로비에 도착하자 샘이 말했다.

"그 사람은 결국 어젯밤 밀리 할머니와 제이크하고 저녁을 먹지 않았어. 알리바이가 없어."

에그가 지적했다.

"그 사람이 누구인지는 모르겠지만 밀리의 심부름을 간 것이 잖아. 심부름을 간 게 바로 알리바이야. 그건 잭이 지갑을 훔친 사람이 아니라는 것을 증명하는 것이지."

샘이 히죽거리며 말했다.

"대개 그렇게 생각하지. 하지만 그 사람은 분명히 주방에서 일하는 사람이야. 그 사람을 잘 감시해야 해."

캣이 말했다.

"주방 얘기가 나와서 말인데 이제 점심을 먹을까? 오늘은 미행하고 거짓말하는 것은 그만하자."

샘이 낄낄거리며 말했다.

"좋아. 그런데 그런 태도로는 절대 위대한 탐정이 될 수 없어, 캣."

캣이 손을 내저으며 말했다.

"안 돼도 좋아. 아무튼 제이크가 거짓말한 것이 아니라서 안심이야. 걔는 너희 할머니 지갑을 정말 훔치지 않았어."

샘이 말했다.

"나도 그렇게 생각해. 그런데 우리에게는 용의자가 없어진 것이지."

연쇄 범죄

점심은 그다지 특별할 것이 없었다. 치즈 구이와 감자튀김, 전형적인 메뉴였다. 점심시간에 흥미로웠던 단 한 가지는 케이블카의 그 여자애였다. 그 여자애가 식당에서 우리들의 음식을 나르고 있었다! 오, 우리 넷이 미소를 지으며 거기에 앉아 있는 것을 본 그 여자애의 얼굴이라니. 우릴 봐서 몹시 짜증이 난 것 같았다.

점심을 먹고 나서 우리는 모두 버스를 타고 샌프란시스코 현대미술관으로 갔다.

버스가 멈춰 서자 내가 친구들에게 투덜댔다.

"따분해."

"그렇지 않아."

캣이 말했다. 캣은 몹시 흥분해 있었다. 에그도 들떠 있었다.

샘과 나만 고개를 저었다. 샘이 말했다.

"재미없는 미술관에서 어슬렁거리는 것은 내 생각으로는 시간을 잘 보내는 게 아니야. 우린 이 연쇄 범죄를 해결해야 해."

캣이 말했다.

"연쇄 범죄? 제정신이야? 스페이드 선생님하고 너희 할머니가 당한 일은 서로 관련이 없어. 이제 그만 잊자."

에그가 말했다.

"나도 캣과 같은 생각이야. 그냥 남은 여행을 즐기자."

미술관은 내가 생각했던 것처럼 따분하지는 않았다. 어떤 조각품들은 정말, 상당히 멋졌다. 마치 거대한 금속 거미를 보는 것 같았다.

샘은 앤디 워홀의 그림인 '붉은색 리즈'를 발견했다. 그 여자가 약 100여 년 전에 대단했던 배우인데, 이름이 엘리자베스 테일러라고 샘이 말했던 것 같다.

“당시엔 세계에서 가장 유명한 여자였어.”

샘이 설명해 줬다. 샘의 할머니가 샘 뒤에 서서 고개를 끄덕이며 미소 지었다. 할머니는 샘을 대견하게 여기는 듯이 보였다.

미술관이 그렇게 나쁘진 않았지만, 돌아갈 시간이 되니 기뻤다. 나는 저녁에 그 국수집에 가길 바랐다. 돌아오는 길에 케이블카를 탔는데 짜증나는 여자 종업원을 또 봤다. 그 여자애는 우리를 못 본 척했다.

케이블카에서 내릴 때 인도를 정신없이 뛰어 내려오는 여자 때문에 나는 거의 넘어질 뻔했다.

그 여자가 소리쳤다.

“경찰 아저씨! 도와 줘요! 경찰!”

호텔 근처에 서 있던 유니폼을 입은 경찰 아저씨가 그 여자에게 다가갔다.

그 여자는 아주 숨차 했다. 그 여자가 이야기를 하려고 할 때 6학년 애들 몇몇이 그 여자와 경찰 주변에 모였다.

그 여자가 간신히 말했다.

"도둑을 맞았어요."

경찰 아저씨가 말했다.

"진정하세요."

경찰은 젊은 사람이었는데, 긴장한 것 같았다. 그 경찰은 냉정하려고 무척 애쓰고 있는 것 같았다.

"언제 생긴 일인가요?"

그 여자가 머리를 흔들며 말했다.

"모르겠어요. 케이블카 요금을 내려고 가방에 손을 넣어 보니 지갑이 없었어요."

경찰 아저씨가 고개를 끄덕이며 말했다.

"케이블카요. 알겠습니다. 지난 이틀 동안 연달아 케이블카에서 소매치기 신고를 받았습니다."

샘이 캣을 팔꿈치로 찌르자 캣이 놀라서 소리를 질렀다.

"앗!"

샘이 우리 셋을 경찰과 그 여자가 있는 데서 멀리 끌고 가더니 속삭이듯이 말했다.

"내가 뭐랬어? 내가 말했듯이 이건 연쇄 사건이야."

캣이 말했다

"좋아, 네가 맞았어. 그렇지만 우리가 뭘 해야 하지? 우린 용의자가 없잖아. 기억나?"

샘이 눈을 가늘게 뜨고 손톱을 물어뜯으며 말했다.

"난 포기 안 해. 우린 거의 다 왔어. 호텔이 연루된 것 같아. 난 느낄 수 있어."

우리가 호텔로 돌아갔을 때, 할리 아저씨가 프런트에 있었다. 그 옆에 제이크가 있었는데 꽤나 못마땅한 듯이 보였다.

"무슨 일이지?"

샘이 말하더니 두 사람에게 곧장 가기 시작하자 캣이 샘을 말렸다.

"샘! 가지 마! 끼어들지 마!"

그러나 이미 늦었다. 제이크는 샘이 다가오는 걸 보자마자 문으로 달려 들어가 쾅 하고 문을 닫았다.

"제이크, 돌아와!"

할리 아저씨가 제이크에게 소리를 쳤지만, 제이크는 모른 척했다.

"저 애는 왜 저렇게 가 버리는 거지?"

샘의 할머니가 우리에게 물었지만 우리는 어깨를 으쓱할 뿐이었다.

할리 아저씨가 한숨을 쉬며 침착하게 말했다.

"속상해 하는 모습을 너희들에게 보이고 싶지 않을 거야. 엄마가 아픈 이후로는 내내 우울해 하고 있어. 엄마를 얼마나 걱정하는지 몰라."

샘의 할머니가 말했다.

"저런. 심각하지 않으셨으면 좋겠어요."

할리 아저씨가 할머니에게 미소 지으며 말했다.

"곧 낫겠지요. 하지만 아이들에겐 힘들지요. 그리고 지금 아내가 일을 할 수 없어 돈도 빠듯하고요. 어떤지 아시겠죠."

샘의 할머니가 고개를 끄덕이며 아저씨의 손을 토닥였다.

할리 아저씨가 말했다.

"잭이 장시간 일하고 있지만 그것으로는 충분하지가 않아요. 그래서 제이크가 요금을 내지 않고 타는 것을 좋은 생각으로 여겼던 것 같아요."

나는 기분이 엉망이 되었다. 소매치기를 잡으려 했던 것이긴 하지만, 우리는 제이크의 엄마가 아프다는 사실을 몰랐다. 물론 제이크가 이상하게 행동하긴 했지만 나라도 그랬을지 모른다.

그때 샘이 인상을 찌푸리며 말했다.

"그런데, 잭이 누구예요? 밀리와 제이크하고 같이 점심을 먹는 그 잭을 말하는 건가요?"

할리 아저씨가 고개를 끄덕이며 말했다.

"그래. 잭은 제이크 누나야."

내가 물었다.

"잭이 여자였어요?"

나와 친구들은 서로 눈빛을 보냈다.

"그렇단다. 재클린을 줄인 거란다.
잭은 밀리와 주방에서 일해.
오늘 너희가 점심시간에 봤던 종업원 말이다."
할리 아저씨가 대답했다.

그날 저녁을 먹을 때 샘이 샐러드 포크를 내려놓으며 몸을 앞으로 숙였다. 샘은 뭔가 정말 중요한 이야기를 하려고 할 때는 항상 몸을 앞으로 숙인다.

샘이 말했다.

"얘들아, 일이 어떻게 돌아가는지 알겠어."

내가 말했다.

"그래? 난 여자 이름이 잭이라는 게 아직도 어리둥절해."

에그와 캣은 웃었지만, 샘은 고개만 젓다가 말했다.

"이건 심각해. 우린 그 소매치기를 꼭 잡아야 해. 나한테 좋은 생각이 있어."

샘은 우리에게 자기 계획을 말했다. 우리에겐 미친 소리 같았지만 샘은 효과가 있을 거라고 자신했다. 저녁을 먹고 잘 자라는 인사를 했다. 하지만 나는 아침에 있을 샘의 계획을 생각하니 잠이 잘 오지 않았다.

"지금이야. 계획을 실행할 때가 왔어."

다음 날 아침 샘은 아침을 먹으며 말했다.

우리 넷은 호텔 식당인 선셋룸에서 종업원인 소녀 잭이 계산대를 닦고 있는 것을 지켜보고 있었다. 샘이 말했다.

"내 추측이 맞으면 잭은 식탁을 다 치운 다음 심부름하러 나갈 거야. 그럼 우리가 뒤를 밟는 거야."

내가 대답했다.

"알았어."

캣은 고개를 저으며 말했다.

"샘, 난 이 계획이 마음에 안 들어. 우리가 끼어들지 말아야 할 것 같아."

샘이 물었다.

"케이블카에서 너한테 건방지게 굴었는데도?"

캣이 어깨를 으쓱하며 말했다.

"상관없어. 엄마가 아파서 속상해 한다는 것을 안 지금은 더 그래."

"하지만 우리 모두 그 계획에 동의했어, 캣. 여기서 물러날 순 없어."

내가 말하자 캣이 한숨을 내쉬며 말했다.

"알았어. 하지만 상황이 이상하게 돌아가면 호텔로 다시 돌아오는 거다. 알았지?"

샘이 덧붙였다.

"그리고 경찰을 부를 거야. 약속해."

테이블들을 다 치운 후에 잭이 문을 나섰다.

스페이드 선생님이 선셋룸의 출입문에서 말했다.

"자, 움직이자. 오늘은 할 일이 많단다."

샘의 할머니가 말했다.

"너희 넷도."

할머니는 우리 식탁 옆에 서서 우리가 일어나기를 기다리고 있었지만, 우리는 잭이 나간 문에서 눈을 뗄 수 없었다. 왜 잭이 돌아오지 않는 거지?

"저기요, 할머니. 어, 에그가 몸이 안 좋나 봐요. 상한 소시지 같은 걸 먹은 거 같아요."

샘이 말하자 에그가 맞장구쳤다.

"뭐? 어어, 맞아. 소시지. 아아, 배야."

"그럼 내가 의사를 불러오마."

샘의 할머니가 그렇게 말하자 에그가 벌떡 일어나면서 말했다.

"아니에요! 조금 있으면 괜찮아질 거예요."

"네, 잠깐만 더 앉아 있을게요."

샘이 말하는데 잭이 나무 상자를 들고 문을 나왔다.

샘이 말했다.

"좋아, 이제 우리도 일어나야겠다."

샘의 할머니는 식탁에서 벌떡 일어나 선셋룸을 나가는 잭을
따라가는 우리를 마치 제정신이 아닌 아이들 보듯 바라보고
있었다. 잭은 로비를 바로 가로질러 커다란 호텔 회전문을 지
나갔다. 샘이 잭을 뒤쫓느라 기를 쓰는 바람에 우리도 따라가
느라 최선을 다해야 했다.

"아니, 너희들 어디 가니? 거기 서!"

샘의 할머니가 우리를 부르자 샘이 어깨 너머로 말했다.

"죄송해요, 할머니. 사건 해결 중이에요."

할머니가 물었다.

"그게 무슨 말이니?"

아처 할머니는 나와 에그, 캣을 거의 따라잡았다. 그러나 발
이 빠른 할머니의 손녀는 이미 우리를 훨씬 앞질러 있었다.

우리가 샘의 뒤를 서둘러 쫓아가는 동안 에그가 할머니에게
설명했다.

"저희가 소매치기 사건을 해결하려고요."

케이블카가 멈추고 잭이 올라탔다. 샘이 잭을 따라 올라타자 에그가 말했다.

"서둘러야 해요!"

"범죄 사건을 해결한다고?"

샘의 할머니가 눈빛을 반짝이며 그 말을 되풀이했다. 그러고 보면 할머니는 손녀인 샘하고 정말 비슷하다.

"음……. 내 생각에는 내가 보호자로 너희들을 따라간다면 괜찮을 거야."

할머니는 미소를 지었고 우리 모두 케이블카에 올라탔다.

우리는 북적이는 케이블카 안에서 샘을 발견했다. 샘은 케이블카 앞쪽에서 사람들 사이에 서 있는 잭을 슬쩍슬쩍 엿보고 있었다.

샘의 할머니가 조용히 물었다.

"표적이니?"

샘이 고개를 끄덕이며 은밀하게 말했다.

"저 여자애가 할머니 돈을 따간 조무래기예요. 계속 눈을 그녀에게 두고 있지만, 한 치의 실수라도 있으면 이 사건은 끝장이에요."

무슨 소리인지 나한테 묻지 말기를. 샘과 할머니는 함께 있는 시간의 거의 절반을 우리와는 다른 언어로 이야기했다.

그때 차장이 다가왔다. 우리는 모두 승차권을 내밀었다.

"아저씨, 저기에 서 있는 밝은 노란색 셔츠 입은 여자아이 보이세요?"

샘이 말하자 차장이 뒤를 힐끗 돌아보고는 다시 샘을 보며 물었다.

"응, 그런데?"

"저 언니가 케이블카 소매치기예요. 그 연쇄 절도 사건의 장본인이에요."

샘이 대답하자 차장이 말했다.

"그게 정말이니?"

"샘! 확실하지 않잖아."

캣이 끼어들자 샘이 나직이 말했다.

"모든 게 딱 들어맞아. 저 언니는 돈이 절실히 필요해. 그리고 범죄가 발생하는 케이블카를 타고 심부름을 다녀."

차장 아저씨가 눈을 가늘게 뜨며 말했다.

"그것만으로는 증거가 부족해."

아저씨는 곰곰이 생각하는 듯했다.

"이렇게 하자꾸나. 앞쪽에는 요금을 아직 받지 않았다. 내가 저 애를 계속 지켜보마. 괜찮지?"

샘의 할머니가 말했다.

"고마워요. 가끔 우리 손녀가 범죄와 싸우는 것을 너무 즐겨서 걱정이에요."

"그것도 멋진 개성이죠."

차장은 그렇게 말하고 앞쪽으로 갔다. 잭이 우리를 보고 있었고, 차장이 자기 쪽으로 향하는 것을 보고 사람들을 밀치며 나가다 케이블카가 속도를 늦추자 뛰어내렸다.

“멈춰요!”

차장이 외치자 즉시 케이블카가 끼익 소리를 내며 멈췄고 차장이 뛰어내려 잭을 바싹 뒤따랐다.

우리도 그 상황을 놓치고 싶지 않아 모두 뛰어내렸다.

출근 시간이라 사람들로 붐비는 샌프란시스코 거리였지만 잭의 노란색 셔츠는 눈에 띄었다. 차장은 곧 잭을 붙잡았다.

“이거 놔요!”

차장이 잭의 셔츠를 움켜잡자 잭이 소리쳤다. 도망치려고 몸부림치는 바람에 잭이 들고 있던 상자에서 상추 하나가 튀어 나왔다.

“왜 도망치는 거예요?”

샘이 묻자 잭이 빠르게 말했다.

“도망친 게 아냐. 내릴 정류장을 놓쳤을 뿐이야.”

차장이 길 건너편에 있는 경찰을 손을 흔들어 불렀다. 경찰이 오자 차장이 말했다.

“이 어린 아가씨의 상자를 조사해 줘야 할 것 같은데요.”

경찰이 말했다.

"정말이십니까? 상추만 가득 담은 상자처럼 보이는데요?"

샘과 샘의 할머니가 소리 내어 웃었다.

내가 말했다.

"부엌을 나서기 전에 상자를 상추로 채웠을 거예요. 그렇게
해서 훔친 지갑을 감출 장소를 마련한 거지요."

경찰이 녹색 채소를 밀어 치우자 상자 바닥에 지갑 세 개가
보였다.

"이런, 이런."

경찰이 말했다.

"차장님이 그 케이블카 소매치기를 잡은 것 같군요."

"제가 아니에요. 여기 네 아이들이 한 일이에요."

차장의 말에 우리가 경찰에게 미소 지어 보였다.

경찰이 말했다.

"아주 잘했다. 지갑 주인들이 지갑을 돌려받고는 고마워할
거야."

경찰이 잭에게 수갑을 채워 경찰차로 갔다.

나는 길바닥을 구르는 그 상추를 보다가 외쳤다.

"아!"

캣이 물었다.

"왜?"

내가 캣에게 말했다.

"어제 저녁에 먹은 샐러드가 생각나서.
우리가 증거물을 먹고 있었던 거잖아!"

호텔로 돌아와서 샘의 할머니가 할리 아저씨에게 우리를 데리고 갔다. 밀리 할머니와 제이크가 같이 있었다. 6학년의 다른 아이들은 로비에 모여 있었다. 모두 우리가 어디에 있었는지 궁금해 했다.

스페이드 선생님이 호텔 지배인과 이야기하는데 끼어들었다. 샘의 할머니는 소매치기 사건에 대해서 호텔 지배인에게 설명했다.

샘이 할리 아저씨에게 말했다.

"잭에 대해선 저희도 마음이 좋지 않아요."

할리 아저씨가 고개를 끄덕였다.

"잭이 돈 걱정을 많이 했어."

아저씨는 머리를 저으며 슬프게 말했다.

"하지만 그 애가 그런 짓을 할 거라고는 생각도 못했어."

캣이 아저씨 손을 토닥이며 말했다.

"이야기를 전부 듣고 나면 판사님도 이해해 주실 거예요."

할리 아저씨가 한숨을 내쉬며 말했다.

"그 애는 겨우 열여섯 살이야. 네 말대로 되면 좋겠지만, 그
래도 처벌을 받게 될 거야."

나와 내 친구들이 그 자리를 뜨는 동안에도 스페이드 선생
님과 샘의 할머니는 할리 아저씨와 계속해서 이야기를 하고
있었다.

에그와 캣 그리고 나는 샘에게 몸을 돌렸다.

"그런데 너하고 너희 할머니는 상추 얘기가 나왔을 때 왜 웃
었어?"

내가 말하자 캣도 덧붙였다.

"맞아. 재미있는 게 없어 보였는데."

샘이 웃으며 말했다.

"몰랐니? 아, 처음부터 알았어야 했는데. 옛날 영화에서 상추
는 돈을 뜻하는 은어야!"

나는 눈을 멀뚱거렸지만, 어쨌든 앞으로 국수나 샐러드를
먹을 때마다 샌프란시스코에서 우리가 막은 연쇄 범죄를 떠올
리게 될 것은 확실했다.

문학계 소식

수수께끼의 작가 모습을 드러내다!

스티브 브레즈노프는 미네소타 주 세인트폴에서 아내 베스와 아들 샘 그리고 작고 냄새나는 강아지 해리와 함께 살고 있다. 그는 책을 쓰는 일 말고도 비디오 게임과 자전거 타기를 좋아하며, 중학교에서 학생들의 글짓기를 도와준다. 스티브는 거의, 언제나 꿈에서 아이디어를 얻기 때문에 잠옷을 입고 있을 때 가장 좋은 글이 나온다.

예술 & 연예

캘리포니아의 화가가 미스터리 해결의 열쇠였다 — 경찰 발표

C. B. 캥거는 어릴 때 무척 활동적인 아이였다. 그의 부모는 종이 한 장과 크레파스 몇 개만 주면 이 부산한 꼬마 용이 얌전해진다는 것을 깨달았다. 그때부터 캥거는 그림에 흠뻑 빠졌다. 샌프란시스코 예술 대학에서 삽화를 전공하고 2002년에 졸업한 그는 현재 같은 대학에서 학생들에게 그림을 가르치면서 아내 로빈과 세 아이를 데리고 캘리포니아에서 살고 있다.

탐정 사전

알리바이 : 범죄로 신고당한 사람이 범죄가 발생했을 때 다른 곳에 있었다는 사실을 주장해 무죄를 입증하는 방법.

보호자 : 다른 사람들을 돌보는 사람.

차장 : 요금을 걷는 사람.

부인 : 그런 일이 없었다는 진술.

과장 : 실제보다 더 크거나 더 좋게, 또는 더 중요하게 보이도록 하는 것.

정직 : 사람이 진실해서 거짓말, 도둑질 또는 속이지 않는 것.

소매치기 : 사람들의 주머니나 핸드백에서 뭔가 훔치는 사람.

추적 : 도망하는 사람의 뒤를 밟아서 쫓거나 사물의 자취를 더듬어 가는 것.

용의자 : 어떤 범죄를 저질렀다고 생각되는 사람.

껌 슈

6학년

샌프란시스코

6학년이 샌프란시스코로 현장 학습을 갔을 때, 우리가 거기서 미스터리 사건을 해결하게 될 줄은 몰랐다! 아, 샌프란시스코에서 차이나타운에 간 것이 가장 신 났다. 차이나타운은 엄마가 어렸을 때 외가 식구들이 살았던 곳이다.

샌프란시스코의 차이나타운은 북아메리카에서 가장 오래됐고 아시아 지역 외에선 가장 크다. 또 미국에서 중국인들이 가장 많이 사는 곳이다.

1848년에 최초의 중국인 이주자들이 샌프란시스코에 왔다. 지금은 10만 명 이상이 차이나타운에 산다. 면적은 2제곱 킬로미터가 조금 넘는다.

차이나타운은 탑처럼 생긴 크고 정교한 중국식 건물들로 유명하다. 또한 음식으로도 유명하다. 차이나타운에는 월병, 딤섬, 뜨거운 차 같은 중국 전통 음식을 파는 식당들이 300여 개가 넘는다.

차이나타운은 큰 관광지이면서 또 거주지이기도 하다. 여전히 해마다 금문교보다 차이나타운을 찾는 관광객이 더 많다.

잘 썼다, 제임스! 한때 가족이 살았던 곳을 가 봐서 좋았겠구나. 나도 그 국수집을 생각한단다. – 스페이드 선생님

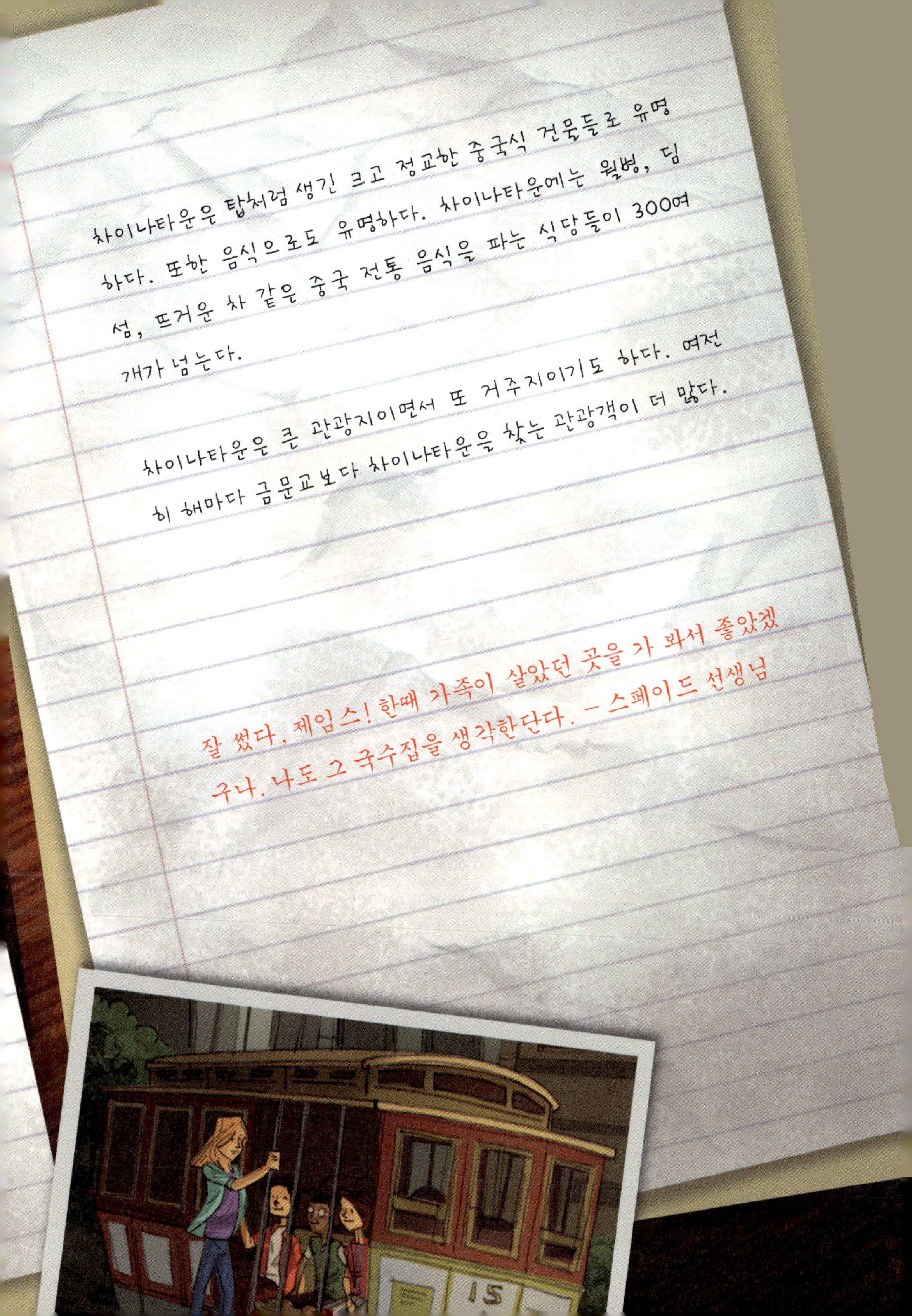

항구의 도시 언덕 위의 도시, 샌프란시스코

태평양에 인접한 캘리포니아 주의 금융·문화·교통의 중심지 샌프란시스코는 1776년 스페인 사람들이 금문 해협에 항구를 만들고, 성 프란시스의 이름을 붙인 교회를 세움으로써 시작된 도시이다. 한때 태평양 연안의 제1 항구 도시였던 이 도시는 캘리포니아에서 가장 좋은 기후 조건을 갖춘 도시로 시원한 여름 안개, 가파른 언덕, 빅토리아 시대의 건축물과 현대 건축물의 조화로 유명하다.

만의 도시 샌프란시스코를 잇는 아름다운 다리들

샌프란시스코 만은 태평양이 내륙으로 깊게 파고든 형태로 만 주변에 샌프란시스코, 오클랜드, 산호세 같은 대도시가 모여 있어 이들 도시를 잇는 다리들이 유난히 많다. 이 중 샌프란시스코의 골든게이트 브리지, 금문교(위)와 샌프란시스코-오클랜드 베이 브리지(아래)가 특히 유명하다. 금문교는 샌프란시스코뿐만 아니라 미국의 상징물이라 할 만하며, 베이 브리지는 '졸업'을 비롯한 많은 영화와 비디오 게임에 등장하여 유명해졌다.

전설적인 감옥, 알카트라즈

영화 '더 락'의 배경으로 더 유명해진 알카트라즈 섬은 샌프란시스코 만에 위치하고 있다. 이 섬은 등대·군사 요새·감옥으로 사용되다가 현재는 금문 해협 국립 휴양지의 일부로서 이국적인 정서가 짙은 유명 관광지인 피셔맨즈워프 근처에서 페리를 타고 갈 수 있다. 바닷새들의 서식지이기도 한 알카트라즈 섬은 영화, 텔레비전, 책, 만화, 게임 등에 자주 등장한다.

또 다른 샌프란시스코의 명물, 차이나타운

북아메리카에서 가장 오래된 샌프란시스코의 차이나타운은 중국 이민자들이 자기들의 관습·언어·정체성 등을 유지하는 데 중요한 역할을 하고 있다. 도시 속의 도시로 알려져 있다. 차이나타운의 입구인 드래곤 게이트(아래)는 나무로 기둥을 세우던 기존의 방식과 달리 돌로 만든 것으로 이곳의 명물로 유명하다.

도로 위를 달리는 샌프란시스코의 케이블카

샌프란시스코의 명물 케이블카는 우리가 흔히 알고 있는 케이블카와는 달리 도로 위를 달린다. 클래식한 외관이 눈길을 끄는데, 샌프란시스코의 주요 명소들을 순회하는 여행자들에게 유용한 교통수단이다. 모두 3개의 케이블카 노선이 있고, 1일·3일·일주일용 승차권을 구입하면 좀 더 저렴하고 편리하게 이용할 수 있다.

현대를 이해하는 힘, 샌프란시스코 현대미술관

샌프란시스코 현대미술관(SFMOMA)은 비영리 조직으로 국제적으로 눈에 띄는 근·현대 작품들을 소장하고 있다. 현대를 이해하는 힘을 가진 곳으로 평가되며 미국 서부 해안에서 20세기 예술을 위한 첫 번째 미술관으로 대규모 도서관도 갖추고 있다.

좀 더 생각해 보자

1. 제이크와 잭은 아픈 엄마 때문에 걱정이 많아. 너는 걱
   정스러운 일이 생길 때 뭘 하니? 좋은 방법이 있으면 애
   기해 줄래?

2. 나와 친구들은 이번 현장 학습에서 각자 아주 멋진 것들
   을 보았는데 그게 뭐였는지 기억나? 만약 네가 샌프란시
   스코로 현장 학습을 떠난다면 어딜 가고 싶어?

3. 학교에서 일어난 미스터리가 있다면 친구들끼리 애길 나
   눠 보는 건 어때? 용의자는 누굴까? 그 미스터리를 어떻
   게 해결할 수 있을까?

너만의 탐정 노트

1. 네가 제이크라고 생각하고 나(껌)에게 편지를 써 줄래? 우리가 떠난 후에 무슨 일이 있었는지 궁금하다.

2. 나는 이번 샌프란시스코 여행에 관심이 무척 많았어. 왜 나하면 샌프란시스코는 우리 가족의 뿌리가 있는 곳이거 든. 너희 엄마, 아빠는 어디서 사셨어? 그 지역은 어떤 곳 이야?

3. 만약 어디로든 현장 학습을 하러 갈 수 있다면 넌 어디로 가고 싶어? 네가 꿈꾸는 현장 학습은 어떤 건지 글로 써 볼래?

미국 현장 학습 미스터리
SCHOOL BUS
미국의 유명한 도시로
현장 학습을 떠난
네 친구들의 모험이 시작된다!